じいちゃんへ

小桝つくし

文芸社

急いで戻る新幹線の中で
ただ思う
今まで自分が生きてきた時間と
見守ってきてくれた人
そして一番たくさん生きているおじいちゃん
遠く離れて自立しようとしている自分
今　心は素直になって
故郷に近付くにつれ
子供の表情に戻る自分に気付く
一刻も早く
あのドアを開けて
「ただいま」って言ったら
おじいちゃんの右の耳元で
大きな声ではっきり言おう
「ひろみちゃんよ、会いに、来たよ」

いつもはここをそっと歩いた
ニヤニヤしながらそっと歩いた
ふすまのすき間から目だけのぞくと
おじいちゃんとおばあちゃんが
こたつでテレビを見ていた
おばあちゃんがいなくなると
おじいちゃんは
いつもお縁で　１人　庭を見ていた
ひろみがいることに気付くと
絶対に笑って
「ありゃー　びっくりした」
「来たんねえ」
って言ってくれてた

簡単な手術のはずだった
すぐに家に戻れるはずだった
でも　そこは　おばあちゃんの死んだ病院だった
入院した日からじいちゃんは
食べることを拒否した
歩くことも
目をあけていることも
拒否した
お母さんが電話で言う
「なかなか死ねんもんじゃのう
って、しょっ中　しょっ中
泣くんよ」

赤やピンクやオレンジ
いろんな色のプリント
暗い色を着ていると
「ひろみちゃん　この間みたいなんがいいよ」
って言う
だから
「そんな服がええわー」って
笑ってくれる
じいちゃんを見たくて

おじいちゃん
何でそんなにやせて小さくなっとん?
あんなに大きくて
じいちゃんが寝たきりになったら
どうする?って
みんなで笑い話
しよったのに
何でそんなに
悲しそうな顔で
眠りよるん?

じいちゃんは
お殿様のように生きとるねって
人は言う
嫌なことは何１つとしてせず
大切に　大切に　まわりから
されていた
だけど
ひろみはじいちゃんに
まるでお姫様のように
大切に　大切に
かわいがってもらっとる

絶対にはずさんかった腕時計
左手をカチャカチャゆらして
ネジをまく

ことあるごとに
時間を読む

家でも　病院でも　どこに行っても
左の手首に
ロンジンの時計

スプーンで
ゼリー状の「ごはん」を
ほんの５口
首をふって口をつむった
こんだけしか　食べんようになったんじゃ
そう思って下を向いたら
「ひろみがおるけん　今日はよお食べるね」
と、両親の声

寝起きのじいちゃんは
うっすらと目をあけて
ひろみを見た
声の出ない「さようなら」を言い
点滴のついた腕で手をふる
すごくすごく
何もかも
悲しくなってしまうから
大笑いして
「会いにきとるんよ」
言うしかないじゃん

いつも　ひろみの顔を見ると
あっちやこっちを
探しはじめる
パパかママが見つけて
「はい　お父さん、財布」
と渡すと
中身が空になるまでくれる

いつも
いつもそんな風にして
あったかいものを
たくさんくれる

じいちゃん　絶対
元気になるから
毎回　みごとに
そうだから

「東京に戻るけど、また来るけんね」
って言ったら
手をつないで
はなせなくなった
小学校の卒業以来
手なんか
つないだことなかったのに

きっと今　寝たきりになったじいちゃんに
笑顔を見せてあげるのが
自分にとって一番おちつく。
パパやママに「じいちゃん見とくよ」
って言って、一息つかせてあげるのが
自分にとって一番おちつく。
なのに　なんで　こんな遠くはなれて
自分の力で食っていくために…
親の力に頼らないために…
自分の為にしてるはずなのに…

いつかきっとじいちゃんは
天国で待つばあちゃんとこに行く。
わかっとるけど　今はまだ
行かんといて。
でも　すぐ目をつむって
ため息つく
じいちゃんのこと思い出したら
どうしたらいいかわからんようなる

もうすぐ27になる
わたしのほっぺを
あんなに愛しげに
なでてくれるんは
ベッドの上の
やせてちいちゃくなった
じいちゃんの
骨太のごっつい手だけ

ねェ　じいちゃん。
このまんま何年ももつかもしれん。
でも　ある日　息してないかもしれん。

ひろみ　いろんなこと
いっぱい考えてきたつもりじゃったけど
そんなこと　全部
意味ないような気がする

じいちゃん　おらんかったら
ひろみだって　おらんのよね

「また　ちょっと　危ないんよ」
そう聞いた時　覚悟を決めた
もう　そばにいよう
バイトもクビになってもいい
部屋代も無駄になるかもしれん
だけど
あたしはおじいちゃんの
そばにいたい

病院から
家に戻ってきたのに
当分の間
それさえわかってなかった
赤ちゃん言葉で話しかける
母が嫌で
「じいちゃん　ちゃんと
うがいって言えば　わかるよ!!」
イライラして
怒って言った

オムツかえるの　手伝うのも
ひろみがおると
イヤだったんよね
布団をめくると　首をあげて
キョロキョロ　まわりを見る
しゃがんでかくれたり
音をたてててドアをしめたり
変な嘘　ついとった
本当はおるの気付いとったよね
でも　じいちゃん　大丈夫よ
そんなじいちゃんを
ひろみは誇りに思っとるよ

じいちゃんに
怒られたこと
1回も
ない

じいちゃん　点滴　大嫌いよね。
じゃけどやめれんのんよ。
1日に2～3回
1口か2口しか
お茶飲んでくれんじゃろ？
つらくても　何か食べてや
おねがいじゃけん
がんばって
のみこんでや

じいちゃんの好きなものは

庭

そこに来る鳥

そして犬

生きもの

じいちゃん、ほら
あそこに　ひよが来とるよ
あ、今、鳴いたねって言ったら
「よぉ聞こえんのよ」って
顔をくしゃくしゃにした
毎日　耳のすぐそばで
大きな大きな声でしゃべりよるのに。
身動きがとれなくなった
言った自分を
きつく　しかった

発作のたびに細くなる
顔もどんどん小さくなる
目のまわりも　時々　黒ずむ
なのに
発作のあとで
たまに調子がよくなると
どんどんと
だんだんと
天使様のような
顔になっていった
おじいちゃん

いくら寝たきりだからって
透明のパックに入った液を
針を通じて血管から
体に入れとるだけなのに
頼りがいのある男じゃね

じいちゃんの庭にざんざんと
春の激しい雨を見る
じいちゃんの腕をなでながら
しーんとした涙が出る
何でかね？
変じゃね

点滴する時　じいちゃんを
ぎゅうっと
折れるんじゃないかと思う位
力をこめて
押さえつける
大きな声で　嫌がる声を出して
首をふって
あばれるおじいちゃんを
必死になって押さえつける
これが　じいちゃんの「ごはん」だけど
もう嫌だ、見てられんって思うけど
一番きっと大変なのは
注射の大嫌いな
おじいちゃん自身なんよね

じいちゃん　ごめんね。
なんか　わからんけど
ごめんね

何で嫌な予感なんてしたんじゃろ
じいちゃんのそばから
離れられんかった
うでをさすってたら
ずーっと　ずーっと
ひろみのこと　みてた
いつもはすぐに目をつむるのに
ずーっと　ずーっと

にこにこして
意味もなくうなずき続けたけど
じいちゃんの目は
赤いトレーナーとあたしの顔を
真剣に見つめるばかりで
笑ってはいなかった

じいちゃん
もうええよ
苦しくなくなるよ
もうこわくないよ
ずっとここにおるけん
ゆっくりしとってね
もうたんをとったり
点滴の針さしたり
嫌なことは
な――んにもしないよ
ずっとここにおるけんね

「だんだんと息の間があきます。
最後はアゴがあがってきます」

こういうことだったんだ

じいちゃん
横をむくときは
どこかをつかんでないと
不安だったもんね
ひろみが
しっかり手　つないどくよ
背中を　しっかり支えとくよ
看護婦さんが
体をきれいにしてくれるまで
すんだら
お正月にいつも着てた
あの着物
着せてあげるけんね

今日は手が冷たいねとか
脈がとりにくいとか
息のしかたが深いとか浅いとか
よく言ってたけど

今の
この冷たさと比べれば
全然　全然
あったかかった

じいちゃんの爪は
あたしが切る
ずっと
あたしの係だったから
あたしが切る

これが最後

じいちゃんの体が
この家の中にあるってことが
こんなに重要だったんだ

玄関を通るじいちゃんの
影さえ見えん
去っていくのは　白銀の
四角いひつぎ

祭壇にかこまれて
いつもの角度から見れなくなった
ムースをつけて
髪をとかしてあげたけど
かっこよくなったじいちゃんを
頭の上からしか見れんよ

花にかこまれたじいちゃんは
まるで　別の人のよう
もう１度　あの手に
さわりたい
もう１度だけ
手をつなぎたい

いろんな人が来て
じいちゃんをおがみよる
じいちゃんへの
お経もあがる
本当に本当に本当なんだ

静かに流れる雅楽は
きっと　おばあちゃんとの
もう１回の結婚式だ

苦しくなるまで泣いても
じいちゃんの目は
もう　あかん

じいちゃんの体のまわりに
花をうめていく
顔のまわりには
きれいな色のを
どっさり入れるね

だけどね　じいちゃん
ひろみのまわりに
ひろみの中に
何かじいちゃんみたいな
見えないものを感じるよ
だけど　目で見えるじいちゃんとの
お別れはもうすぐだね

すこし葉のある
桜並木の下を通る
じいちゃんよかったね
さいごのさいごまで
ごうせいに
送られていくね

ひろみ
何ができたんじゃろう
じいちゃんから
もらってばっかりで

この命のもとに
おじいちゃんがいる

おじいちゃんの腕時計は
今では　ひろみの左手にある
おじいちゃんの腕には
ぴったり似合っとったのに
ひろみの手には
とても大きくうつる
ぶかぶかで
あったかい
この音をきいて
生きていた

あたたかい手が
やさしい目が
子供に戻れるにおいが
安心できる空気が
少しずつ
なくなっていくものだと
しらなかった

１日に何回も
このドアをあけた
カーテンのしまったこの部屋は
何も空気が動かない
でもなんとなく
何かがありそうで
いすに座って
待っていたけど
涙がじゃんじゃん出てくるばかりで
何もない
何もない
じいちゃん
おらんのん？

ずっとお風呂に入りたがってた
もうそんな力　残ってるはずないのに
お風呂に行こうと
起き上がろうとしてた
あの時
心臓に負担がかかろうとも
ケガをしようとも
どうなってもいいから
入れてあげれば
よかった

おじいちゃんのための電動ベッド
たんをとる大きな音の吸引機
朝　顔をふくタオルや
水分を口からすうために使ってたガーゼ
かゆみ止めの薬
温度調節するためのいろんな布団
しょっ中はかった体温計
そんなものが
少しずつ　少しずつ
この部屋から
なくなっていく

あんま機の上は
じいちゃんのにおい
日の当たる
庭を眺める
首をかしげて
少しだけ
じいちゃんに
なったつもりで
ひざの上の毛布から
じいちゃんの
におい

じいちゃん今日も
お庭に　ひよが来とるよ
すずめも
えさまっとるよ
天気がいいよ

じいちゃん
大好き

じいちゃんへ

2000年11月1日　　初版第1刷発行

著　者　小《こ》桝《ます》つくし
発行者　瓜谷 綱延
発行所　株式会社 文芸社
〒112-0004 東京都文京区後楽2-23-12
電話　03-3814-1177（代表）
　　　03-3814-2455（営業）
振替　00190-8-728265

印刷所　株式会社フクイン

乱丁・落丁本はお取り替えします。
ISBN 4-8355-0952-8 C0092